이남숙 시집

세월의 그림자

한누리미디어

여행지 터키에서

여행지 스페인에서

저자 근영

국립중앙도서관 출판시도서목록(CIP)

세월의 그림자 : 이남숙 시집 / 지은이: 이남숙, -- 서울 : 한누리미
디어, 2009
  p. ; cm

ISBN 978-89-7969-339-3 03810 : ₩8000

한국 현대시 [韓國 現代詩]

811.6-KDC4
895.715-DDC21   CIP2009001620

이남숙 시집

세월의 그림자

세월 속에 詩의 꽃 등불 걸며

황혼의 들녘에서 나목(裸木) 한 그루가 봄기운을 맞아 연둣빛 꿈을 터뜨린다.

노산(老産)의 산고(産苦)로 무척 힘들었다. 詩는 언어의 절제와 함축이다. 물에 담가두면 흠씬 불어나는 미역 같은 시어(詩語)들, 그것들을 붙잡기 위해 일상생활 속에서, 심지어 꿈속에서도 탐색의 고삐를 늦추지 않았다. 그러한 작업이 고통일 때가 있었다.

그러나 세월 속에서 겪은 삶의 순간들이 나의 감성(感性)과 맞물려 한 편의 작품으로 탄생했을 때는 무엇과도 바꿀 수 없는 희열을 맛보았다. 뿐만 아니라 마음 속의 고뇌와 응어리들이 시를 쓰는 가운데 정화되는 놀라운 경험을 하게 되었다. 그래서 더 즐거운 마음으로 원고지와 마주할 수 있었다.

그동안 써두었던 시편들을 한 권의 책으로 묶어 세상에 내보내게 되었다. 숨겨둔 속내를 남들 앞에 내보인다는 행위가 한편으론 두렵기도 하고 쑥스럽기도 하다.

하지만, '詩는 만들지 않고 존재한다'는 존재론 속에서 출발한 나의 詩 쓰기는 사실 어릴 적부터 꿈꾸어 온 소망이었다. 많은 세월이 흐른 지금 내 삶의 가지에 소박한 꽃 등불 하나를 걸게 되었다. 잔이 넘치는 과분한 행복이라고 고백하고 싶다.

첫 시집이라 정성을 들였으나 서툰 바느질 자국이 많으리라 생각된다. 모쪼록 넓고 편안한 마음으로 읽어주기를 바란다. 앞으로 더 낮은 자세로 사물의 눈이 되고 귀가 되어 자유로운 마음의 심층을 계속 노래하려고 한다.

세월 속에서 만난 사람들 모두를 사랑한다. 그리고 그들이 행복하기를 진심으로 빈다. 또한 시의 세계로 인도해 주신 분들께 이 자리를 빌어 머리 숙여 감사드린다. 비록 서툴고 내세울 것이 없는 시편들이지만, 많은 분들이 끝까지 눈맞춤해 주고 관심 가져 주시기를 간절히 바란다.

2009. 6.

이 남 숙

차례

제1부 _ 고향의 노래

제2부 _ 정든 그리움

제3부 _ 여로의 흔적

제4부 _ 존재의 적막

제5부 _ 자연의 숨소리

제 1 부

고향의 노래

물건리 마을

용꿈을 세 번 꾸어야
시집 올 수 있다는
*화전땅 삼동면 물건리

해안선을 둘러싼
반달 모양의 숲은
마을 사람의 단잠을 지켜준다

은멸치 떼 몰려와
한나절 놀다 가고
파도가 사철 태평가를 연주하는 곳

밥상을 차린 듯
쪽빛 수평선에 아스라이 떠 있는
섬 섬 섬

신선이 노니는
두미산 허리에
허릿띠 두른 한 자락 흰 구름

눈썹달 나뭇가지에 걸린 밤
숲길 따라 걷노라면

삶의 때가 벗겨지고
헛된 욕망도 씻겨 나가고
나 또한 하얗게 사라진다.

*화전땅 : 경남 남해의 옛 지명(自菴 金球의 〈花田別曲〉에서 유래)

남변동 393번지

일 년에 몇 번씩
지나치는 고향집
이방인 되어 가슴 시리다

지나칠 적마다
뒹굴고 싶은 옛집

오십여 년 동안 치과병원 등불 켜고
아버지 피땀으로 청소하고
크레졸 냄새로 몸살을 앓던 곳
아버지는 저 세상까지
소독냄새 안고 가셨다

같이 자란 감나무
소담스러웠던 모란꽃
깊은 샘 찬 우물
빙 둘러 앉아 밥 먹던 *도레판
니희들 손길 그립구나

맺힌 마음 달래려고
사립문 여닫던
골목길로 들어선다

구남매 웃음소리 다투던 소리
수챗구멍으로 호흡하던
밥 짓는 냄새
어디로 숨어버렸는지

사랑했던 아름다운 시간들
빈 가슴에 묻으며
떨어지지 않는 발걸음 돌린다.

*도레판 : 식구들이 빙 둘러앉아 식사를 할 수 있는 둥근 상으
로 지방 방언, 표준어는 두레상임.

첨망대 누각에서

*첨망대 올라
눈물어린 관음포를 굽어보니

갯벌 사이
바지락 잡는 아낙들
손놀림 바쁘고
화력발전소 검은 연기
하늘 가득 치솟는다

거치른 물결 속
성난 어룡들
아직도 장군의 죽음 탄식하고
산야의 온갖 새들
애잔하게 우지짖는 소리

청수에 손 씻고
향 피워 구국기도 올려
왜적을 물리치고
'내 죽음 알리지 말라' 던

붉은 큰 별
노량바다에 무참히 떨어지니

솔밭 길 따라
불어오는 바람결에
충절이 숨쉬고
곧은 절개 노래한다

이른 봄
님의 숨결
핏빛 동백꽃으로 피어나
꺼지지 않을 등불로 남으리.

*첨망대 : 이순신 장군의 유해가 맨 먼저 육지에 안치된 곳으로
이를 기념하기 위해 경남 남해군 설천면 노량리에 지은 누각
의 이름

왕후박나무

내 고향 창선에
물고기 뱃속에서 나온
씨앗을 심어 자랐다는
전설의 후박나무 한 그루

바다가 보이는 들판에 서서
찰랑대는 논물에
육중한 제모습을 비추고

500여 년 세월 이고 자란
넉넉한 숲 그늘 만들어
동네 사랑방으로 거듭났다

굵은 몸통에서
열한 명의 자식들이 뻗어나간
사이 좋은 대가족

상처의 흔적 달래가며
고기떼 부르고

마을의 평안 위해
갯바람 어루만지는 어머니의 품속

뒤덮은 나뭇잎에 숨은
저녁노을이 곱게 탄다.

감나무 아래서

시어머니 소상
시할아버지 기일
이틀 연거푸 치루고
힘들어 찾아온 곳

시집 왔을 때
뒷마당 구석에서
풋풋한 잎사귀에
가지마다 주홍빛 자식 매달아
탐스런 자태를 자랑하더니

세월은 아직 뜨거운데
쇠락의 몸살을 앓는
네 모습이
내 모습이라

나그네에게
더운 방 잠자리 내어주듯
안식의 쉼터를

선뜻 내어준 너

사십 년간
살가운 우리의 우정
건널 수 없는 추억으로
맺혀 있는데

나무 끝자락에
앉아 쉬던 구름들
가을 들녘 가로질러
빠르게 달려가네.

다랑이 마을의 봄

아낙네 살찐 앞가슴 닮은
설흘산 기슭에
난류 실은 바람
몇 줄기 지나간다

층을 이룬 다랑이논
흙짐 지고
평생을 일구어낸
노인네의 초상화던가

주름살 사이로
유채가 웃음 흘리고
마늘대가 손짓하니
멀리 수평선도 하늘거린다

물빛 안개 너머
흰 꼬리 흔드는 고깃배
차오르더니 스러지더니
자맥질에 바쁜 크고 작은 섬

윗도리 벗어
어깨에 걸친 남정네
논두렁 좁은 길 거닐며
햇살 마중하는데

숨차게 달려온 쪽빛 파도
탐스런 밭두렁에
연초록 물감 흥건히 풀고
봄나물 가득 뿌리고 간다.

남천 앞에서

옛집 우물가의
남천 한 그루 그리워
아파트 베란다에 심었다

밤바람이 시원해
훌쩍 키가 커 버린
남천 그늘에 앉는다

남천 잎새를 타고
방울방울
달빛이 미끄러져 내린다

달빛은 찻잔에 고이더니
넘쳐 흐르더니
발등을 적시더니
어느새 무릎까지 차오른다

나뭇잎 뒤 어디에 숨어 있었던가
단발머리 친구들이

달빛 바다로 몰려 나온다
물장구치는 요정들이 된다

달빛은 어느새
구름 속으로 사라지고
요정들도 어디론가 종적을 감춘다

새카만 남천 잎이
내 머리카락을 손질한다
어머니의 가는 한숨 소리 풀어놓는다.

새벽 바다

닭 홰치는 소리
정겨워 방문을 여니
알싸한 갯내음이
첫사랑 소년 되어 달려온다

짙은 도화 빛 *붉새로
장막을 친 새벽 바다
한 줄기 바람에도
미역 숲은 꿈틀거린다

발 빠른 통통선
물살 가르며 바다를 깨우고
포구의 숲 기지개 켜며
수액을 뿜어 올리는데
붉은 여신 드디어
장막 속에 우뚝 선다

하루를 열기 위해
기막힌 선율을 준비하는
새벽 바다.

*붉새 : 붉은 기운을 뜻하는
것으로 지방 방언임.

코스모스 꽃길

신작로 길섶 따라
펼쳐진 비단길
가을 햇살이 춤춘다

바람에 흔들릴 때마다
많아지는 꽃송이
나도 꽃 되어 흐른다

반 꼬마들 데리고
코스모스 꽃길 가꾸며
청운의 꿈을 키우던 시절

실핏줄 속에 각인된
은밀한 무늬가 되살아난다
되돌아갈 수 없는 그 시절

이루지 못한 꿈은
숨바꼭질하며
꽃물결에 휩싸여 출렁거린다.

우정

삶의 톱날이
우리들 사이를 지나갔지만
친구야 우리
소꿉 살던 그 옛날로 돌아가지 않을래
그 아름답던
동산으로 돌아가지 않을래

둘러보아도
둘러보아도
땀을 식힐 나무 그늘 하나 없고
쉬었다 갈 의자 하나 보이지 않는
막막한 사막

그래 그랬구나
얼마나 힘들었니
두 손 꼬옥 잡고
고개라도 끄덕여 주자
토닥토닥 등이라도 다독여 주자

어느 날
서늘한 바람이 불면
하나 둘 낙엽이 되어 떠날 우리들
사랑하기에도 모자라는
우리의 시간들

친구야 우리
옛날로 돌아가서
봉숭아 꽃씨 뿌리지 않을래
아름다운 노래도 함께 부르지 않을래.

시계풀이 깔린 들판

철아
오늘도
너를 기다린다

시계풀이
하얀 꽃술을 달고
달리는 언덕

하모니카 불며
나를 보고
웃어주었지

하모니카 소리는
별빛 타고
내 마음 두드리고

어디서
무엇을
소식도 모르는데

꽃반지 끼워주던
철이 생각에 잠겨

시계풀이 되어
들판에 드러눕는다.

우보천리(牛步千里)

기축년 돌 제단을 향한
소들의 행진

황소, 암소
누렁소, 검은소, 얼룩소
눈빛 맑은 애송아지

온갖 소들이
펑펑 쏟아지는
흰 눈을 맞으며

조심 조심
느릿 느릿
기축년 제단을 향한다

칼바람 시려 가슴 아픈
소년 소녀 가장들
그리고
노숙자들에게

*토렴이라도 실컷 먹였으면

소의 해 맞아
워낭소리 잘게 부수며
서둘지 않고
한 발짝 한 발짝
소망을 향한다.

*토렴 : 밥이나 국수에 뜨거운 국물을 부었다 따랐다 해서 따뜻
하게 하는 것.

시장

시장에 가면
계절이 누워 있다

막 까서 올려놓은
완두콩이 웃고 있고

방울토마토가
원색의 젊음으로 손짓하고

싱싱한 시간들이
찰랑찰랑 고여
노래 부른다

장사꾼의 넉넉한 인심에
푸짐한 웃음 넘쳐나고

짙은 사람냄새까지
풍요로운 곳

거치른 바람 불어
마음 무거울 때
시장에 가보자

꽃잎 날려
마음 흩어질 때
시장에 가보자.

포구의 어둠

갯내음조차 얼어 버린
겨울 포구에
그믐달 아련히 떠오르면

못다 이룬 사연을
설화로 풀어내는
별자리들 한숨소리 쏟아지고

푸른 등지느러미를
쫓아다니던 어선들
포구로 돌아와
묵직한 닻을 내려
만선의 꿈을 묶는다

어디로 숨어버렸나
홀로 미소 짓던
멍울진 홍매화는

모두들 쉬라고
깊은 잠을 즐기라고
포구는 먹물 거품 내뿜는다.

제 2 부

정든 그리움

아버지를 그리며

낮닭소리 들릴 것 같은
가을빛 눈부신 오후
아버지가 즐겨 부르던
'메기의 추억' 선율 속에서
먼 길 떠나신 아버지를 만난다

용마루를 들었다 놓던
댓잎처럼 시퍼런 호통소리
빗장 걸어 잠그고 싶던
아버지의 그 호통소리가
아홉 남매 지켜준
높은 산맥이라는 걸 알기까진
숱한 세월이 흘렀지

삶의 소용돌이에 갇혔을 때
새벽길 안개 속에서
굵은 손마디에 끼고 계시던
금가락지 빼어 주시며
딸의 눈물 훔쳐 주시던 아버지

그때의 나처럼
힘들어하는 자식들의 손
잡아줄 때마다
슬며시 고개 내미는
내 속의 아버지

네가 손해 보아야지
양보할 줄도 알아야 해
혈관을 타고 흐르는 사랑
이순의 문턱에서
가만히 꺼내어 본다.

사모곡

하늘나라로 어머니 가셨다기에
비행기 타고 올라와 보니
하늘은 끝이 없고
그 위에 또 하늘 있네

하늘나라로 가신 모든 분들
어느 하늘나라에 모여
살고 계시는지

둥둥 떠다니는 구름들
하늘나라 수놓으며
나들이 가는데

구름을 헤집고
보고 또 봐도
정다운 엄마 모습
찾을 길 없네

어머니

당신은 어디서
딸의 가슴에 자라는
그리움의 느티나무 보고 있나요.

항아리

꽃비 흩어지는 봄날
서울 신혼살림 가는 딸에게
고집스레 실어주신
투박한 쌀 항아리

교태 없는 질긴 몸 큰 덩치
부엌 뒷편에 맡기고
묵묵히 세월을 담는다

40년 넘게 가족이 되어
같이 울고 웃으며
옮겨 다녔다

갈잎 치는 가을 빗소리에
다독거려 주었고
잠 못 이룰 때
자장가 불러 주었다

어머니 가신 지 20여 년

하염없이 그리운 날
항아리 속에 숨어 있는
엄마 마음 다시 생각한다.

피붙이

일본 오사카로 시집간 동생
이산가족도 아닌데 소식 한 장 없다
혈육 보고 싶은 마음 가누기 힘들어도 잘 사는지
야속한 생각마저 든다

연못 속에 봄하늘 고요히 잠긴 날
기다림에 목멘 형제들이 현해탄을 건넜다
파도처럼 퍼져 나가는 그리움을 아는지
물살 가르는 소리도 없이
검은 바다 위로 카멜리아호가 미끄러진다

새벽빛이 어둠을 걷어내자 후쿠오카에 도착
신칸센 열차에 몸을 싣고 오사카로 향하는 바깥은
봄 햇살이 무르익고 있었다

20여 년 동안 켜켜이 쌓인 시름을
가냘픈 미소로 덮은 채
외탁을 한 건장한 두 아들의 손을 잡고
동기간 앞에 선 동생

폭풍 같은 세월에 눌려
투박한 질그릇으로 덕지덕지 엉긴
피붙이에 대한 그리움
추억의 초침 속에 가둬 버리고
현해탄에 종이배만 가득 띄워 보냈을 동생

남은 날들일랑은
고국의 흙냄새 맡으며 살자구나
눈으로 웃고 가슴으로 우는 어지러운 상념들
이별의 돛단배에 모두 실어 보내자
다하지 못한 피붙이 정
가슴 가득 채워 보자.

딸네 집

딸네 집 향하는 버스가
시간을 삼킨다
냄새를 가둔 김치보따리 위
아침 햇살이 내려앉는다

밤을 지샌 잔별들이
무질서로 춤추는
딸의 텃밭
꽃송이로 방실대는 어린 것에
젖을 물린 딸은
꽃나무에 함박웃음 함께 달았다

처마에 퍼담은 별 떨기
제자리로 챙겨 넣고
입가에 꽃봉오리 머금은
딸년의 미소는
아련히 스며드는 행복이다

집으로 가는 버스에서

올려다 본 달님
그리움 담은
친정엄마가 되어
빙긋이 웃고 있다.

면사포

서른을 훌쩍 넘기고
쓴 면사포
기다림의 옷자락 벗고
3월 햇살처럼
풋풋한 싱그러움 뽐낸다

탱자꽃 닮은 신부의 미소
봄바람 타고
하늘 높이 올라가
천사의 볼에 입맞추고

신랑은 신부를
신부는 신랑을
시린 그리움 보내고
사랑의 무늬 모으고 있다

따사로운 주례사는
새싹의 감은 눈 틔우더니
탱자나무 울타리에

신록의 옷을 입히고

낮은 능선에 무더기로 핀
들꽃들의 축가에
창밖의 목련이
꽃눈 터뜨린다

하얀 진달래를 입은
가녀린 면사포의 신부
봄 젖내가 흥건한
탱자꽃이 되어
말갛게 웃고 있다.

빈 방

산과 호수
어우러진 사이로
물안개 피어 오르고
귀여운 갯돌이
몸을 비비던 곳

면사포 쓴 딸은
말간 웃음 남기고
제집으로 떠나갔다

느티나무 한 그루 없고
종달새 한 마리 날지 않는
황량한 무인도에 앉아
사방을 휘휘 둘러본다

침대에 누워
딸의 냄새 맡으면
행복이었던 소중한 기억들
어디선가 앙감질로 돌아온다

길들지 못한 거센 바다
맞닥뜨릴 급류 어찌 할꼬

숲길 따라 돌돌거리는
물소리 되고
찬 겨울 따뜻한 모닥불 되야지

달그림자보다
더 푸근한 삶 살라고
깊은 숨 내쉬고
두 손 모은다.

할미꽃

내가 시집 왔을 때
거동을 못하시는
시어머니의 시어머니는
안방에 한 송이 할미꽃으로
피어 있었다

뻐꾸기 서럽게 울고
저녁노을 팥빛으로 물든 날
할미꽃은 꺾여 나갔다

시어머니의 시어머니를 그랬듯
세월은 삼지창으로
시어머니를 안방에 가두어 버렸다

그믐 제사 지내고
생선뼈 발라 정성껏 상 차리던
곱디곱던 시어머니

안방 철제 자개장롱 앞에

또 다른 한 송이
할미꽃으로 피었다

잠 안 오는 밤
피었다 시든 할미꽃을 본다
꼬리가 보이지 않는
할미꽃 행렬을 본다.

세월

방 한 켠에 앉아 계시는 팔순 시어머니
덩치 큰 고양이도 허리 구부리고 앉아있다
구릿빛 요강이 친자매처럼 붙어있다

동백기름 자르르 윤기 흐르던
칠흑 같은 머릿결 어디로 갔는가

큰 마당 작은 마당 오르내리며
두 머슴 호령하던 퍼런 서슬 누가 가져갔는가

닭 홰치기 무섭게 콩대 두드리며
먼 길 온 며느리 단잠 깨우던 심술 누굴 주었을까

모든 걸 앗아간 세월
담 너머 낮달처럼 딴청을 부리고 있다.

임종

까마귀 서럽게 울던 날 시어머님 세상 뜨셨다
점심 잘 드시고 막내딸 품에 안겨 눈을 감으셨다
숨 한 번 몰아쉬더니 그만 끝이었다
이승과 저승의 경계가 지척인지
삶과 죽음이 그렇게 쉬이 바뀌는지
뭐가 그리 급하시어 감나무 끝자락에 걸린
가을빛을 못다 보고 가시는지

추석 귀성길 큰며느리 온 김에
일부러 서둘러 떠나신 걸까
홀로 팔남매 키우시며 맺힌 한을
청잣빛 하늘에 뿌려놓고 편히 가소서
길 재촉하시며 홀홀 떠나신 당신
옥빛 바다만큼이나 정이 깊어
적신 눈시울 견딜 수 없나이다.

황사

톡 톡 바람결에
꽃망울 터지는 소리
두 박자 행진곡으로 들려오는
기분 좋은 봄날

딸아이가 낸
교통사고 소식은
황사 속에 나를 가둬 버렸다

꽃분홍 탐스런 진달래
피빛으로 변하고
산벚나무 화려한 꽃구름
소나기 되어 떨어진다

병실에 누운 환자는
꿈속을 헤매고
나도 딸아이도 같이
중환자가 되었다

그대 빨리 꿈에서 깨어나
신록 빛에 물든 눈동자
밝혀 주소서

벼랑 끝으로 몰린
바이오리듬을 추스르며
하루 내내 기도의 물줄기를
붙잡고 있었다.

찌르레기

초여름 산들바람을 사랑한 나는
그 계절에 그 분이 주신
큰 상처를 입었네
주신 것이 아니라
받은 것임에 더욱 서러웠네

소나무 숲은 편안한데
찌르레기 한 마리 울고 있었네
겁먹은 찌르레기 눈동자 보며
나도 모든 걸 잃어버렸네

삶에 찌든 상처 지우려 기도했네
바람에 초록 냄새 묻어나고
기도 속에 절인 가슴 서러웠고
찌르레기의 눈동자도 서러웠네

그 분은 선하시다고 했는데
왜 내게 그런 상처를 주셨을까
그 분의 큰 뜻을 알아야겠기에

찌르레기의 눈동자와 함께
끊임없는 기도로
사랑의 빛을 떠올리겠네.

노숙자

겨울 안개 짙은 헛헛한 새벽
영등포역 안
찬 콘크리트 바닥 위로
커다란 포대자루들 뒹군다

잠을 깬 노숙자 한 분
덥수룩한 수염에
꼬질꼬질한 때
뒤집어쓴 채 앉아 있다
꿈에 본 가족 생각에
일찍 잠 깨었나

노숙자의 아내
노숙자의 부모 자식
그들 모두
더 큰 슬픔에 마음 절인 노숙자다

이 새벽
안개에 다리 잘린 가로등이 되어

낮게 떠다니는 별똥별이 되어
떠도는
남편을
아들을
찾아 헤맨다.

THE WALL

TV에 한 청년이 나왔다
플루트를 전공하여
카네기홀에서 연주했단다

처음 미국 갔을 때
조그맣고 노란 동양인이라
친구를 사귈 수 없었단다

힘들고 아픈 세월 속
멋진 친구
THE WALL을 알면서
봄이 찾아와
꽃을 피우고 열매를 맺게 되었단다

그에게 기대어
지치도록 악기연습을 하고
무슨 하소연이든 다 들어주고
때리면 때린 대로 받아주고
서러워 울 때엔 침묵으로 안아주는

그런 친구였단다

내게도 벽 하나 있다
화가 나 못할 말 다 쏟아낼 때
딴청 부리며 들어주는 사람

우리 모두
THE WALL 같은 친구가 될 수 없을까?

별에서 온 아이

싸락눈 소리없이 내리고
새벽 종 어둠을 거둘 때

천지가 무너지는
울음보 터뜨리며
딸아이의 몸을 박차고 나온 놈

어느 별에서 놀다가
운명의 줄 하나 붙잡고
우릴 찾아왔는가

능청스런 웃음보따리
허리에 둘러메고
왕자같이 걷는 모습

세월 속 켜켜이 쌓인 시름
썰물처럼 빠져 나가고

집안 구석구석
청량한 웃음소리
파도 되어 밀려온다.

제3부

여로의 흔적

압록강

건너지 못하는 강에다
돛단배 한 척 띄운다
눈물의 증류수 가득 싣고
님 향한 단비를 뿌린다

도둑맞은 자유
비명으로 춤추고
굶주림에 지친 여린 풀잎
강바람에 스러졌다

허기진 삶을
강물에다 씻고 있는
들꽃 같은 여인네들

계엄 하의 거리처럼
적막하고 교교히
강물 흐르는데

오갈 수 없는 한으로

덕지덕지 녹슨
압록강 철교

분노의 세월 숨기고
자유의 햇살
한 올 한 올 모으고 있다.

안나푸르나 일출

만년설 머리에 이고
태고의 세월을 삭여낸 원시의 산
기지개를 켠다

어디선가 분홍장미 피어 오르고
노란 병아리 떼지어 몰려와
군무를 춘다

안나푸르나의 여섯 봉우리
태양 안을 준비로 바쁘다

지구 반대편에서
밤새 달려온 소년
붉은 망토 휘두르며
불쑥 하늘로 솟구친다

순간 하얀 빛을 쏟아내며
화염에 휩싸이는 육봉

빛이 어둠을
성큼 먹어 버리니
히말라야의 봉우리들 우뚝 선다

바람 속에서
지휘봉 잡고
온 누리를 거느린다.

섬진강 벚꽃 길

은빛 모래밭 푸른 강물이
오누이처럼 정겨운 섬진강
지리산 산자락을 휘도는 물결이
도란도란 실 이야기 풀어낸다

눈꽃 핀 고목나무인가
벚꽃으로 뒤덮인 강둑 길
밤새 활짝 피어난
벚꽃 터널 속을 지나면

꽃봉오리 터지는 소리에
밤잠을 설쳤다는
촌로의 누런 이빨이
함빡 살아난다

한 줄기 바람이 지나간다
흩날리는 하얀 꽃비
하얀 꽃비에
자잘한 시름 실어 보낸다

달이 되어 차오르는 그리움도
멀리 실어 보낸다.

겨울 산사

잎 다 내린 빈 숲
초저녁 달빛 파르르 떨고
한기 스멀거리는 산허리에
산사 웅크리고 앉아있다

법당 앞 금강소나무
솔가지 사이로 빠져 나가는
밤바람 매섭고
내게 스치는 바람
또한 차갑다

하찮은 근심 내려놓고
잠자듯 침묵에 젖어드니
설핏하게 흔들리는 풍경소리
산 능선 따라 흩어진다

세속 떠난 응달에
내 몸 적시는 디지털 앙금
훌훌 털어내고
무위자연 속으로 내달린다.

만리장성

망루에 올라
초여름 땀을 식히며
멀리 산야를 본다

산봉과 산릉 사이
거대한 용 한 마리
힘차게 꿈틀대더니

긴 몸을 이끌고
산마루를 기어가다
순간 구름 속으로
자취를 감춘다

달나라에서도 보인다는
유일한 만리장성
독재의 아집인가?
인간의 승리인가?

창과 칼을 들고

망루를 지키던
팔달령 병사 대신
눈길을 떼지 못하는
관광객들로 붐비고

시간의 은하를
자맥질하여 꿈틀대는
거대한 용 한 마리
거대한 대륙을 지키고 있다.

여행

돌이킬 수 없는 시간
어디론가 떠난다

차창 밖으로
천천히 실려 가는 구름
함께 달려 오는 산과 물

시리도록 파란 하늘
짙고 옅은 초록색이
조각 조각 붙어 있는 곳

햇무덤 앞에 놓인
하얀 꽃다발
나를 손짓한다

무엇을 구하고
무엇은 버려야 하는지
허공에서 충돌하는 속세의 욕망

인간이 극성 떨지 않아
자연이 제 모습인 곳을 찾아
잃어버린 나를 찾아
설레는 가슴 안고
어디론가 떠나보자.

타지마할

그대 알고 있는가
폭풍 같은 사랑의 편린들이
역사 속 거친 세월에서
햇빛처럼 낯을 내민
*타지마할의 전설을

그대 꿈꾸는가
전설 속 왕비로
불타는 열정 가슴에 품고
사랑의 감옥에 갇히고자

젊은 왕비는 먼 길 떠나가고
젊은 왕은 심장에 눈물 홍수가 일었다

주체할 수 없는 불길로
태양을 쪼아먹던 남자
남은 여생 외로운 그림자로 남아
아내의 안식처를 조각했다

흰 대리석으로
땀땀 놓은 옷을
기품있게 차려입고
강바람 휘청대는
아무나 강변 언덕에
남편의 팔베개 베고
영원히 잠든 그녀의 신전

저녁놀 서향에 이울고
황금빛 옷으로 갈아입은 사원
만인의 가슴 속에
그리메의 메아리로 우뚝 서 있다.

*타지마할 : 인도의 대표적 이슬람 건축물로 무굴제국의 황제
  '사쟈한' 이 사랑하는 왕비를 위해 22년에 걸쳐 지은 세계에서
  가장 아름다운 사원 중 하나.

천지 물빛

거센 바람 헤집고
천지에 이르니
질그릇 품새의 호수가
물 너비를 보이며
속살을 드러낸다

누가 빚었는가
저 청잣빛
오묘한 태고적 원색 빛깔을

백두산 그림자의 코발트
구름이 던지는 에메랄드
모든 물빛 조각보가 출렁대고

산천어가 노니며 일구어내는
하얀 포말의 정수가
숨통을 막으니

천지의 물빛은

내 영혼 속으로 걸어 들어온다

내 너를 닮아
조선의 넋을 기리노니
물빛이여 영원하라
물빛이여 영원하라.

갈대숲
— 순천만 갈대숲에서

낮은 몸짓
부드러운 몸짓으로 살아가는
갈대이고 싶어라

작은 갈바람 스침에도
잔잔히 미소 짓는
그런 갈대이고 싶어라

혼사를 앞둔 옛 처녀처럼
여린 수줍음
갯벌 속에 묻고
하얀 미소 피워내는 모습

바람결에 실려오는
그대 노래
가슴 속 티끌 씻어가고

저녁놀 금빛 물결의
그대 춤사위

가슴 속 설레임 불러오고

넘실대는 갈대숲에서
나 갈대 되어
마냥 흐르고 싶어라.

절터

세월의 은하 속
천년 너머 저편에
다소곳 내려앉은 침묵의 공간

내 그림자 데리고 서서
나를 돌아보게 하는
가슴 속 텅 빈 절터

허공 속으로
햇살 무너져 내리고
허무 속으로
길손의 마음 무너져 내린다

낡은 성곽에 낀
역사의 청태가
누워 신음하고

잎을 반쯤 떨군
은행나무 한 그루

저녁놀에 비껴 흐른다

바람결에
풍경소리 들려오는 듯
바라춤 추는 승려 눈빛
고적해 보이는 듯

주춧돌 틈 사이로
끈질기게 돋아난 잡초
세월을 품고 눈물짓는다.

두물머리 강변

너와 나
깊은 산 샘물로 다시 솟아
시냇가로 흘러
더 넓고
더 거친
바다로 닿기 전
이 곳
두물머리 강변에서 만나자

초추의 석양빛 너울지고
천지와 백록담이
남한강과 북한강이
몸을 섞듯

잠자던 슬픔
웅크렸던 기쁨이
한 폭의 연꽃으로 해탈하여
눈물의 포옹하듯

강변 들꽃 사이로 숨은
옛 추억의 발길
흔들리는 삶 몰아내고
아늑한 파문으로 미소 짓듯

하나의 의지로 뭉쳐 흐른다면
너와 나
더 잔잔한 여울로 만난다면
얼었던 대지
제 살을 풀고 꽃 등불 밝히리라.

퇴임

개나리 움트는 동산에
그리움 촉촉이 남겨두고
한 겹 한 겹 옷을 벗는다

가슴 몰래 묻어둔
기쁨과 슬픔이 이어지고
꼬마들 이별의 함성 속
옛 추억의 옷자락 눈물 적신다

초롱초롱한 눈망울에
꿈빛을 불어넣고
어린 포도송이들에게
미망의 새날을 심던
30년이 넘는 교직생활

보다 큰
보다 따슨 사랑으로
보듬지 못한 회환의 옷
이젠 벗는다

가르침의 고통이
보람된 결실이 아닐지라도
무명이라는 깃발에다
인고의 희망을 달았다

보살피면 보살필수록
좁아지는 나의 공간이 서러워도
스승의 자리를 놓지 않고
굳건히 버티어 왔다

이제 무서리 날리는
새벽바람이 되어
거친 강바람 거스리는
돛배가 되리라

또 다른 출발이
시작된다.

비밀

선생님 비밀이에요
절대 비밀이에요
ㅇㅇㅇ를 사랑해요
그 애를 생각만 해도
눈물이 날려고 해요
연필로 꾹꾹 눌러 쓴
10살 순이의 일기

순이야
연분홍 꽃눈 같은 너의 가슴
복숭아꽃 한 그루 피어
꿈속 같은 봄날이구나

첫사랑 잠자고 있는
수줍은 교실
일기장 속에
꼭꼭 숨겨 놓으렴

먼 훗날

흘러가 버린 것
이루어질 수 없는 것
오롯이 보물처럼 맺혀
소롯이 행복을 안겨줄 거야.

흙탕물

창밖에 줄기차게 내려
대지를 적시는 빗줄기
운동장에 넘쳐난다

실개천으로 흘러들어
움푹 패인 웅덩이 속
실신해 누워 있는
신문지 조각에는

티끌세상 몰려오는 강풍에
무릎 꿇고 마는
새내기 교사 자화상이
마냥 슬프다

이상향을 향해
잔뜩 몸을 낮추어 저어가는
조각배의 교단 지킴이들

숫자 계산보다는

풀꽃과 눈 맞추고
맞춤법보다는
함께 사는 기쁨을 누리는
바른 마음 가르친다

먹구름 서서히 걷히면
흙탕물도 맑아지는가
교단 어디선가
오색 무지개 떠오르는가.

유등
― 진주 남강 유등제에서

물결 따라 역사 흐르는
강변에 띄운 고운 등 하나
가슴 부푼 시절
고이 흘러 보낸다

서너 번 바뀐 강산
세월 속 나이테로 살아나고
교복 안에 감춰 두었던
열아홉 순정
꽃봉오리로 부푼다

가슴 한 켠의
보석 같은 추억
석류알로 박혀
분홍빛 웃음으로 깨어나고

별무리 속 숱하게 박아놓은
지난 이야기들
떠가는 유등 위로
은빛가루 되어 내려앉는다.

향적봉에 올라

층층나무 숲은
실바람에도 파도소리를 내고

끊길 듯 끊길 듯
향적봉 오르는 산길은
진양조 가락처럼
휘어지고 있었다

정상에 오르면
고개 조아리는
고만고만한
산 산 산 산

산이 바다 되고
바다가 산 되어
물결 속에 갇힐 때

향적봉은 비둘기가 되어
커다란 깃으로
품어주고 있었다
다독이고 있었다.

지나온 길 돌아보며

앞만 바라보고
숨가쁘게 달려온 여로
땀을 씻으며
이젠 좀 쉬었다 가야겠다

스페인 금화가 반짝거리는
작은 텃밭에
콩꽃이 자줏빛 등을 밝히고

텃밭 가에 상 차리고
친구들 불러야지
입안에 상추쌈 밀어넣고
눈 흘기며 웃어 보아야지

무릎에다 앉히고
손주들
재롱도 받아주어야지

만석꾼 부럽지 않는

이 넉넉함이여
눈꺼풀 풀리는
오수만한 여유로움이여

무심결에
지나쳐 버린 소로
가을 산길처럼 눈부시고
까작 까작
사립문 밖 까치소리
깨금발로 다가선다.

E-MAIL

선배님
긴 세월 논둑길 걷듯이
오늘에 이르렀는데
세월이 비켜가는 듯
시름 하나 없었던 양
다정으로 숨은 15년

재 속에 남은 불씨처럼
옛기억 찌르르 울리고
후배들과 자리 만들어
선배님의 인생역정
듣고 배우리다

후배님
큰 별 목에 걸고
긴 세월의 교차로에서
우연히 만난 그대
절절한 반가움 앞서고

장애아동들과
운동장에서 뒹구는 그대 모습은
어린이에 대한 참사랑
더 크게 열어주었지

낮게 흐르면서
바다와 화합하며
스스로 깨끗해지는 그대는 물

공들여 딴 관리자의 길
송이송이 꽃걸음 밟으며
나라교육 뿌리에 평온한 거름 되길

MAIL 타고 주고받은
사랑의 기척
샘물처럼 퍼지는 맑고 아늑한 파문
향기로운 바람 되어
흔들고 지나가는 풍경이라네.

가을비

교향곡 선율처럼 가을비 내리고
가로등의 흐느낌 섞여 있다

비에 젖은 나뭇잎 나붓거리며
석양 속으로 내려앉는다

주름진 마음의 갈피 속
끼워둔 낙엽
하나씩 들추어보니

아스라한 세월 속
빨간 단풍잎의 열정이
노란 은행잎의 방황이

추억의 보따리에 묶어둔 시간들
이제 빗물에 흘려 보내자

가을비
거리를 처연히 적시고
수채화 같았던 세월
비가 되어 내린다.

제 4 부

존재의 적막

존재의 적막

너무 초라해서
이름조차 모르는
들꽃을 부러워했네

깊은 산 속
옹달샘 곁에 피어나
열매 맺고 씨앗 되는
삶을 원했네

몰려오는 급류를 피하면서
개미 쳇바퀴 돈 세월
이순이 가깝고

구세군 종소리에
아픔이 있음을
느낄 수밖에 없었던 나날

나그네 되어
괴나리봇짐 둘러메고

구름 따라 길을 걸으며

나무 아래 뿌려진
누군가의 영혼과
이야기 나누고 싶은 날

삼베옷 차려 입고
지나온 인생에 입 맞추며
안녕을 고하려네

생이 끝났음을
누구도 모르게
그렇게 불러 준다면.

찔레꽃 세월

남편이 잠든 병실을 나서며
올려다 본 하늘
총총히 뜬 둥근달이
하얀 슬픔 내뿜는다

암울한 이념의 굴레가
삶을 짓누르던 60년대
가장 잘난 대학의 잘난 학생으로
데모학번이었던 남편

자유를 얻기 위한 투쟁과 질곡의 세월
시대의 톱니바퀴에 맞물려
거미줄에 걸린 나비처럼 살아온 남편

눈엔 얼음 품고 가슴엔 불을 품은
뜨거운 청춘이었는데
너무 많이 알아
너무 생각이 넘쳐
한 움큼 약을 먹어도

제대로 잠들지 못하는 남편

밉기도 하고 불쌍도 하고
안타까운 종종걸음으로
거둔 세월 사십여 년
평생토록 같이 아파한 그녀

금빛 눈동자는 잿빛으로 변하고
크고 향기롭던 처녀적 꿈은
태풍 맞은 찔레꽃이 되어
가슴에 박혀 버렸다

이순도 지났는데
찔레꽃 가시는 이제 빼버려야지
죽음 앞엔 누구나 평등인데
그녀의 넋두리
달빛 타고 멍울멍울 흩어진다.

노래의 날개

내 심연의 바다에는
부르고 싶은 노래가 있었다

하얀 달이 자태를 뽐내는 밤
은빛 찰랑이는 파도를 세면서
지긋이 심호흡하며
토하고 싶은 곡조가 있었다

모래밭에 박힌
하얀 조가비의 슬픔을
알려고 않듯이
나의 노래는
숱한 시간 동안
마음의 심연을 맴돌며
세월만 죽이고 있었다

달빛 젖은 물결 위
산그림자 드리워진 날
소박한 노래 한 가닥

가슴에서 울먹이더니

곡조는 황금 나래를 달고
소망 담은 달집을
활활 태우며
찬란한 불꽃을
바다로 흘려 보냈다

세상에 나온 나의 노래는
웅비의 춤을 추며
한없이 타오르기 시작했다.

구멍 뚫린 밤

오늘밤에 와인을 마시고 싶다
내면의 바다에 먹장구름 끼고
창호지에 숭숭 구멍 뚫린 밤
촛불을 밝히고 와인을 들고 싶다

원색 혈액 유리잔에 따라 마시면
철새처럼 푸슬푸슬 눈이 날리고
눈 속 어디쯤 산다화 피어
시린 마음에 모닥불 지피겠지

견고한 인습의 벽 무너져 내리고
한 걸음 다가설 담장 밖의 세상
오늘밤에 와인을 따루어 마시고 싶다.

초겨울 들녘

풍요의 잔치를
끝낸 들녘에
낮달처럼 내려앉은 고요

모든 걸 내려놓고
모든 걸 떠나 보내고
가벼운 몸살도 풀어놓는다

늙은 갈대들
수런대는 사이로
석양빛 훌쩍 지나가고

쑥부쟁이 꽃들
보랏빛 웃음 잃고
입다문 지 오래다

어둠이 스멀대는 들녘
누군가가 훔쳐 가는 한 해를
아쉬워하며
지나온 삶의 그림자를
뒤돌아본다.

파도

소낙비 세차게 내리고
하늘과 바다 사이
진회색 장막을 드리웠다

한 걸음에 달려오는
물떼의 욕망은
쉴틈 없이
쫓고 쫓기는 여정이어라

지난 날 잊으려 했던 번뇌
물거품 게워내듯
바위섬에 토해낸다

태평양 너머
작은 포구까지
물이랑으로 달려온 생애

머언 뒤안길 돌아보며
깨달음의 눈물

두 줄로 쏟아낸다

닦아도 마르지 않을
서러움의 눈물
부서져 내린다.

내 잔이 넘치나이다

슬픔의 강에 빠져
허우적거릴 때
내 손 잡아주고

어둠 속을 헤매며
두려움에 몸서리칠 때
등불 건네주시고

인습의 틈새에서
외론 돌멩이로 구를 때
평온의 이끼로 덮어주시고

앓고 있던 내 영혼에
진리의 빛으로 다가오시어
치유의 힘 주시니

님이시여
늘 곁에 머무는 잔잔한 바람이게 하소서
늘 옷깃 여미는 은은한 달빛이게 하소서.

해질 무렵

산과 산을 잇는
질펀한 억새평원

산마루에 걸린
하루 끝을 앞둔 태양
마지막 한을 토한다

바람을 안고 몰려오는
초저녁 하늘의 별무리

별빛 맞은 억새
회색빛 잠옷으로 갈아입고

산에도 평원에도
억새 누울 차비를 한다

빈 가슴 기슭 휴식을 찾아
하루를 내려놓은
무념(無念)의 들녘에
정지된 어둠이 서서히 밴다.

꽃 질 때

꽃이 진다
밤새 내린 비 무거워
봉오리 한 번 열지 못한 채
울음 삼키며
꽃이 진다

꽃이 진다
봄날 저녁의 추억
속절없는 사랑을 끝내고
아픈 마음 달래며
꽃이 시든다

꽃이 진다
짧은 생애
화려한 나날
아쉬움 뒤로 하고
꽃이 떨어진다

꽃이 진다

새로운 탄생 믿기에
새싹들 깊이 감춰 두고
자장가 부르며
꽃이 생을 다한다.

지렁이

비 개인 날 공원 오솔길에
길게 드러누운 지렁이
험한 세상 고삐 놓고
총총히 떠났다

누구 하나 울어 주지 않고
상복 하나 입어 주지 않는다
새벽녘 낮은 울음소리
세상 하직인사였던가

바싹 마른 지렁이에
새까맣게 달라붙은 개미떼
신바람이 났다

지렁이 사체 위로
늦여름 햇볕이 서성댄다

제각기 탈선한 세포들
벌집 되어
땅 위에 주검으로 뒹군다.

강변에서

늦가을 햇살 강물에 내려앉아
은빛 비늘로 여울지고

산자락은 어깨춤을 추다가
제 그림자로 강을 보듬는다

물속에 내려앉은 구름 한 점
손에 잡힐 듯한데

삶의 목마름 풀 길 없어
넘실대는 물살에
나를 던진다

대지를 적시는 강줄기
나를 적시더니
가슴 속 티끌 끌어안고 흘러간다

은빛 햇살 사이로
소박한 삶의 미소
낙엽 되어 날은다.

뻥튀기 장사

겨울 햇살 모인 담벼락에
옹기종기 서 있는
뻥튀기들

보리쌀 몇 알
뻐엉 튀자
한 움큼 불어나는
뻥튀기 과자

우리네 형편도
뻥 뻥 하고
몇 배로 불어나면
얼마나 좋을까

모두에게
불어닥친 모진 바람
꽁꽁 얼어붙은 날씨
더 꽁꽁 얼어붙은 우리네 살림

하루 종일
사가는 사람 하나 없고
찬바람만 휙 도는데

뻐엉 뻐엉
터질 때의
싱그런 여운 따라
동네 꼬마
몰려오던 지난날이 그리운

뻥튀기 장사
깊은 주름 위로
짧은 겨울 햇살
자글자글 부서진다.

침묵

철쭉제가 열릴 즈음
늦은 폭설로 주저앉은
주저앉아서는
일어설 줄 모르는
소백산 철쭉 숲의
싸늘한 침묵

독립공원 나무의자 위의
버려진 신문지랑
깨어진 소주병 조각이
반짝 날을 세우며
끼어들고 있다

저만큼 불 밝히고 서 있는
철쭉꽃 하나
입술을 깨물며
친구들을 손짓하나

낯선 냉기에 꽃눈을

감은 철쭉들
따사로운 봄볕
촉촉한 봄비를
기다리고 있다.

출근길 건널목

신호등이 루비옷으로 갈아입자
바닷길 무너지고
성난 파도 일어난다

산으로 출근하는
40대 가장의 배낭 위에
아무렇게나
벼룩시장 광고지가 꽂혀 있고

아내의 소망
자식들의 눈동자가
초롱초롱 매달려 있다

한시라도 빨리
탈출하고 싶었던 일터
오늘 따라
이리 자랑스러울 수 없다

컴퓨터 앞에

쌓아두고 온 일감
오늘 따라
이리 고마울 수 없다

감사합니다
감사합니다
고개를 들면
에메랄드빛 바다가 마중을 한다
핑 눈물이 고인다.

목욕탕 풍경

목욕탕에 가면
평등의 세상에 안기어 불쾌한 세상의 때를 벗긴다
씻고 씻기는 동작의 질서가 현란하며
로댕의 조각들이 펼치는 군무 속
아름다운 곡선이 휘몰아치고
하얀 물방울이 비발디의 사계를 연주한다
낯선 이도 금방 친구 되어 등을 돌려대고
밀고 밀어주는 이중창의 은은한 선율이 반짝인다
작은 쉼터의 휴식이 마냥 잉태되어
에메랄드빛 에너지가 충전되는 곳

목욕탕에 가보면
와자지껄 거짓 없는 웃음들이 한 줄에 꿰인다
나부가 된 이브의 꺼리낌 없는 수다가 넘치고
홀랑 벗겨내 투명해진 몸과 마음의 순수 속에
불시에 느껴지는 깨달음의 가락도 낭창댄다
젊을 때 내 모습 싱그러움으로 투영되고
훗날에 있을 내 모습 겸손의 보자기에 가만히 싸둔다
비싼 옷 비싼 악세사리가 웃음거리가 되는 곳

빈 털털이로 편하게 다가갈 수 있는 원시스런 곳
누구나 정을 주고받는 풍경 속
내가 주인공이 되는 곳.

불면의 밤

어둠의 미로 속에서
깊은 터널 붙잡고 뒤척일 때
당신은 세모시 고운
도포자락 휘날리며
오작교 건너옵니다

그대와 나의 침실에
달빛 가득 불러놓고
작은 인기척에도 행여나
먼 길에서부터 마중합니다

건널 수 없는 강에
순풍의 조각배 띄우고
청실홍실 엮고 엮어
조심스레 저어갑니다

잠 못 이뤄 두려운 밤에는
강 건너 그리움 불러
작은 소설 한 편 씁니다.

제5부

자연의 숨소리

개망초꽃

봄꽃잔치 한창일 때
뒤질세라 기지개를 켜
눈송이처럼 맺히더니
순식간에 하얗게
들판을 수놓았네

작은 얼굴 치켜들고
살랑이는 실바람에
방실대는 미소

철로 변 공터
어디서든 자손을 만들어
무리 지어 신나게 몰려다니는
떼거리 가족사랑

있는 듯 없는 듯
눈길 받지 않아도
저 혼자 생명력 넘쳐나는 망초꽃

서리 내린 가을 들판이
외로움에 지칠 때도
하얀 미소 속
넉넉한 웃음 간직한 자여!

가을 하늘

고려 도공이 빚어낸
커다란 청자 한 점

상감기법으로 그려낸
낮달의 슬픔이 보인다

옥색 한복 차려 입은
새아씨가 타는가

어디선지 청아한
비파음 흐른다

군무를 추며
두루미 떼
날아오를 것 같다.

숲

외로움에 길들여진 삶은
여럿이라서 견딜 만하다

겹겹이 기대어
서로를 위로하고
오랜 이야기 뿜어낸다

햇살이 놀러와
동네 깊은 곳까지
그림자 그윽히 뿌려놓고

바람은 속삭임을 거쳐
긴 입맞춤으로
서로를 확인하는 곳

갖은 빛깔의 아름드리 나무들
넉넉한 미소를 띄울 때
숲은 빙빙 군무를 시작한다.

나목

겨울바람 휘청대는 거리
속을 비운 나그네
세상을 품는다

철 다한 잎 떨구려고
몸부림친 기억
허한 가슴에 품은 정
낙엽 속에 묻어둔다

쌓인 눈에 휘둘려
가지 찢기는 아픔
눈물로 삼키고
지친 심신 헹궈낸다

바람끝에 묻어오는
겨울을 안고 도는 비
태연히 감겨오는
새눈의 꼬드김
모르는 척하나

코끝을 간지리는
은은한 여린 풀향기
먼 산에 아련히 비쳐드는
아기 연둣빛의 속삭임

아—
나그네 빈 몸 타고
꿈틀대는 실핏줄
폭죽처럼 터지는 새싹
가지 밀고 터져 나오는 고운 꿈.

작은 개울

검은 파래 덮인 개울에
징검다리 형제들
병들어 누워 있다

소나기 힘차게 퍼부어
온 세상 파래진 날
개울은 잘 닦인
거울로 태어난다

말끔히 세수하고
모습을 비춰 보고
새아씨처럼 단장하는
미루나무며
먼 산들

건반 위를 건너뛰듯
징검다리 건너는 소녀 하나
물제비처럼
콧노래 날려 보낸다

수초 사이로
새들 날아와
제 얼굴 비추어 보고
작은 음악회를 준비한다.

조약돌

바닷물에서 건져올린
조약돌
하도 예뻐 들여다보니

끝없이 부서지는
물 너비
한없이 미끄러지는
몽돌

물은 돌을 안고
돌은 물을 지고

하루를
한 달을
수십 년을 부둥켜안고
신혼살림 차려
물과 돌이 하나 된다

먼 세월 인고로 깎여
조약돌 다시 태어나다.

초가을 햇살

쏟아지는 초가을 햇살에
갇힌 날
동화 속의 주인공 되어
눈을 감는다

슬픔조차도
금빛으로 춤을 추고
정지된 지금
영원으로 이어지길 바랄 때

고추잠자리 빙 빙
허공을 가르며 날고
한 줄기 소슬바람
뺨을 때린다.

겨울 숲

시린 서러움 담은
칠현금 가락 들려오고
벌거벗은 안테나들
암 무당 막춤 출 때
다닥다닥 붙은 판자촌 사이로
넘나드는 바람 거칠다

눈 냄새 얼음 냄새로
한기가 숨어들고
미처 잎을 떨구지 못한 나무들
봄꿈 성급히 꾸는 한나절
가지마다 안으로 들려오는
꽃꿈 벙그는 소리 애처롭다

겨울 짧은 동냥 볕이
서쪽 하늘을 건널 때
민초들의 아궁이에
생솔 타는 삶 돋는다.

종소리

소백산 자락에 묻힌 산사
법당 처마끝에
매달린 제비둥지

먼동 터는 새벽
푸드득 날갯짓하며
수십 마리의
제비들이 날아오른다

부리로 콕콕 쪼아대는
동화 속의 깊은 잠 떨치고

별빛 꿈꾸는 새벽
어둠에 젖은 호수의 물안개
잠든 숲을 깨우면서

온 누리에
하얀 박씨를 파종한다
황금빛 햇살도
함께 뿌린다.

넝쿨장미

라일락이
보랏빛 앞치마를
거둘 무렵이면
울타리에 하나 둘
빨간 불이 켜진다

잊지 못해
잊을 수 없어
나들이 나온
이승 떠난 영혼들의 환생

이제는
거닐 수 없는 푸른 정원
이제는
들어설 수 없는
음악이 흐르는 내실

송이송이
가시 돋은 줄기에 매달려

울음을 삼킨다

그리운 이의
눈 속에라도 들고 싶은
간절한 소망
울타리에 하나 둘 불이 켜진다.

산책길

호젓한 아침 숲길
옹기종기 봉분 위에 핀
얕은 눈꽃
갓난아기 피부 같다

저쪽 세상으로 옮겨 간
씨족사회
머리 맞대고
가족회의 한다

눈꽃 살짝 이고
수줍은 듯 서 있는
단풍나무 아래
먹이 찾아 종종거리는
산까치떼

푸른 옷 곱게 차려 입은
아기소나무의
귀여운 미소

봉분 속 사람들
무덤에서 모두 나와
시인이 된다
아름다운 아침풍경 노래한다.

새털구름

가을 하늘에 누워 있는
커다란 새 한 마리

새벽잠에 취했는지
꿈적도 않는다

새벽구름 희끗희끗
날린 자리마다

몽글몽글 피어 오른
은빛 새털.

밤하늘의 교훈

소양강 위에 뜬 초승달
정월 초닷새 가녀린 눈썹달이
샛별을 친구 삼는다

서로 다른 별난
아름다움으로 뽐내며
서로를 감싼다

우리 인간들도
서로 다른 별남을
감싸줄 순 없을까

저마다 잘났다고
방방 뛰는 세상
밤하늘의 저들을
닮을 수는 없을까?

하동 야생차

설은 마음
눈바람 속에 묻고
그리운 님 찾아
화개 골짜기에
뿌린 비밀

지리산 깊은 산비탈
바위틈 가파른 경사에
단단히 뿌리내리고
살며시 드러낸
싱그러운 미소

낮 동안 뜨거워진 몸
저녁 냉기로 식히고
골안개 지붕 삼아
밤이슬 머금으며
파릇파릇 피워 올린
수줍은 연가

정성어린 아낙네의 손길 거쳐
그윽한 여인으로 태어나
감미로운 영혼 지닌
그 님 곁으로 다가가고 싶은
간절한 소망.

청계천

막혔던 혈관 열리자
겨운 기쁨에 물기둥
큰 울음 터뜨린다

햇살이 금박을 뿌리고
종적을 감춘 소슬바람
어디선가 모여든다

진흙더미에서
살림을 차리던 곰팡이 가족
어디로 떠났는가

깊은 어둠
긴 잠에서 깨어나
수심(愁心)을 재는 수표교

양쪽 산책로를 따라
인간의 행렬도
물이 되어 흐른다

징검다리를 밟고
잃어버린 동화의
나라로 들어간다

병들지 말고 부디
오래 오래 흘러라
정화수 가득 담은
조롱박 하나
실개천에 띄워 보낸다.

안개 덮인 숲

아침 안개에 젖은 숲은
외로움 껴안고
오지 않는 님을 기다린다

줄기를 꼭 붙잡은
이파리 하나 하나
촉촉한 그리움 숨기고 있다

숲의 숨소리 흐느끼듯
안개비에 젖어들고

조근조근 숲의 오랜 이야기
깨알 같은 눈물로 맺혀 있다

어디선가 뜸부기 울음소리
G음으로 들려오는데

숲은 속내를 보이지 않은 채
기다림에 지쳐가고 있다.

함축(含蓄)된 서정(抒情)을 심미안(心美眼)으로
형상화해 낸 전원시의 전범(典範)

— 李南淑 시집《세월의 그림자》의 시세계

都 昌 會
전 동국대 교수, 문학박사

1. 시인의 작품(作風)

이남숙 시인의 시집《세월의 그림자》에 수록된 시를 읽고 필자는 전원시(田園詩, rural poem)의 전범(典範)을 보는 듯 그로부터 오는 깊은 감흥을 접을 수가 없었다.

이남숙 시인의 시를 말하기 전에, 먼저 전원시(rural poem)가 무언가를 살펴보는 것이 좋으리라 싶다. 우리가 국내에서 유행해 온 서정시(抒情詩, lyrical poem)란 용어는 영국을 비롯한 다른 나라에서는 잘 쓰지 않는다. 왜냐하면 순수시든, 비판시(참여시)든 모두 서정성(lyricism)을 가지고 있고, 상징시(象徵詩, 이미지시)든 쉬르레알리즘(超現實詩)이든 간에 시란 시는 전부 서정성을 포함하고 있는 까닭에 서정시란 이름으로 부르는 것은 별 의미가 없어 보인다.

그러면 여기서 서정(抒情, emotional feeling)이 무엇인가를 한 번 짚어보자. 서정이란 가슴에서 솟아오르는 감정이나 느낌을 말한다. 서정성이 짙은 시들은 얼마든지 있다. 특히 영국 내 18세기 이성(理性, reason)을 표방하고 나온 고전주의(古典主義, classicism), 감성(感性, sensibility)을 표방한 낭만시(浪漫詩)들과 20세기 상징시(象徵詩, 이미지시), 주지시(主知詩)와 초현실시(超現實詩)까지 모두 서정성을 지니고 있다. 그래서 일반적으로 서정시란 서사시(敍事詩, epic)의 대칭으로 쓰이고 있음을 말해두고 싶다.

필자가 서정시에 대한 설명을 길게 한 것은 다름 아닌 이남숙 시인의 시를 서정시로 명명하지 않고, 전원시로 명명한 사유 때문이다. 통칭 전원시(田園詩)와 전원시인이란, 전원에서의 생활이나 전원의 자연미(自然美)를 읊은 시 또는 시인을 뜻한다.

이남숙 시인의 시를 읽으면, 내용면이나 형식면에서 영국의 전원시(rural poem)와 방불하다는 느낌을 받는다. 전원시의 전범이라면 낭만주의 시의 대가인 윌리엄 워즈워드 시인의 시를 들 수 있다. 그의 잘 알려진 시 〈수선화〉, 〈무지개〉, 〈고독한 추수자〉 등의 단시(短詩)들이 전원시의 전범이 된다.

이남숙 시인의 시집 속에 상재된 시들을 낱낱이 살펴보면 시의 제재(題材)가 전원생활과 전원에서 가져온 것임을 알 수가 있다. 전원생활의 소재(素材)가 주종을 이루고, 그 외에도 시인의 직업과 생활의 체험에서 따온 시들도 전원시와 무관하지 않으므로 전원시에 포함시킬 수가 있겠다.

그리고 전원풍경을 서경(敍景)할 때나 전원생활을 시로 구상화할 때 가장 중요한 것이 하나 있다. 다름 아닌 심안(心眼, inner mind or inner eyes)이다. 심안은 아름다움을 바라보는 마음의 눈이다. 심미안(心美眼)이라고 부르기도 한다. 투철한 심미안이 준비되지 않은 사람에게는 전원시의 창작이 어렵다. 워즈워드가 명시 〈수선화〉를 쓸 때, 그가 물결 위에 낭창대는 수선화의 아름다움을 심안에 담아 집으로 돌아와 아름다움을 다시 꺼내어 바라보면서 집필했다는 그의 'inner mind'는 너무나 유명한 이야기이다.

또 하나 전원시의 창작에 중요한 것은 서정성을 부여하는 일이다. 낭만주의 시들은 거의 자연을 노래한 전원시인 바, 낭만시가 '서정의 발로(發露)'로 시작되었듯이 전원시는 뭐라 해도 시에 서정성을 짙게 깔지 않고는 감동을 줄 수 없다는 점을 묵과해서는 안 된다.

이남숙 시인은 누구보다 남다른 심미안을 가진 시인이다. 그의 전원시를 대하면 자연물을 대하는 심미안(心美眼)을 가지고 태어난 듯 남다른 데가 있다. 이남숙 시인의 전원은 그의 고향인 남해군이 중심 자리에 놓인다. 남해군에 접한 바다와 산이 한데 어우러진 아름다운 풍광, 그리고 그 속에서의 생활을 그만의 심미안으로 잘 관조(觀照)하고 있다. 거기다 시 한 수 한 수마다 넉넉한 서정성을 곁들여 놓아 명실공히 전원시의 전범을 보는 듯한 감동을 준다.

2. 시의 감상(感賞)

그러면 그 전원시 몇 수를 감상해 보자.

시린 서러움 담은
칠현금 가락 들려오고

벌거벗은 안테나들
암 무당 막춤 출 때
다닥다닥 붙은 판자촌 사이로
넘나드는 바람 거칠다

눈 냄새 얼음 냄새로
한기가 숨어들고
미처 잎을 떨구지 못한 나무들
봄꿈 성급히 꾸는 한나절
가지마다 안으로 들려오는
꽃꿈 벙그는 소리 애처롭다

겨울 짧은 동냥 볕이
서쪽 하늘을 건널 때
민초들의 아궁이에
생솔 타는 삶 돋는다.

— 〈겨울 숲〉 전문

　이 〈겨울 숲〉은 3연으로 된 시로 겨울 정서는 각 연마다
독립된 이미지를 제공하고 있어 독자에게 다가가는 시정(詩
情)이 퍽 유정스럽다. 겨울 숲의 한 모퉁이를 한 폭의 사생화
를 보는 듯 가슴에 배어드는 서정이 아름답다. 무엇보다도
단시(短詩)의 함축성이 전원시답게 돋보이고, 1, 2, 3연의 기
승결이 잘 짜여져 있어, 시인의 창작기량의 능숙함을 보여
주는 작품이라고 말할 수 있겠다. 제1연은 '기'로 잎이 다
떨어져 내린 겨울 숲의 나목들이 바람에 이리저리 부딪치는

황량한 모습을 서민의 판자촌에 비유한 안목이 남다르다. 제2연은 '승(承)'으로 겨울 숲의 이미지를 한 걸음 더 전개하는 연이 된다. '눈 냄새', '얼음 냄새', '한기' 등 서민의 어려움을 제시하고, '봄꿈', '꽃꿈' 등의 시어들로 희망을 안고 살아가는 모습을 대비하였다. 정중동(靜中動), 한중온(寒中溫)의 기법으로 독자의 구미를 돋우어 놓았다. 제3연은 '결(結)'로 겨울 숲이 주는 마지막 내포의 의미를 잘 살려놓았다. '동냥 볕', '서쪽 하늘', '민초', '생솔 타는 삶' 등의 시구들은 모두 하향적 이미지를 나타내어 시인이 주고자 하는 제재(題材)의 지시성(指示性) 또는 암시를 잘 곁들여 놓았다. 을씨년스런 겨울 숲의 전경이 주는 정서(情緒)가 시인과 독자의 가슴에 무난하게 연결됨으로써 우리는 전원시의 묘경(妙景)을 감상할 수 있겠다.

이런 서경의 전원시로는 세상에서 별로 대접을 못 받는 사람처럼 마구 피어 있으나 여유로움을 간직한 느낌의 〈개망초꽃〉, 진주 남강 유등제에 참석하고 시인이 교복 입던 시절의 추억을 떠올리며 쓴 〈유등〉, 비 내리는 바다의 거센 파도를 바라보며 물이랑처럼 열심히 살아가는 인간의 삶을 파도에 비유한 〈파도〉, 시인 자신이 행한 한평생의 삶과 삶 속의 여망을 읊은 시 〈존재의 적막〉, 어느날 갑자기 찾아온 딸의 교통사고를 황사에 빗댄 시 〈황사〉, 가을걷이를 끝낸 초겨울 황량한 들판을 바라보며 떠나가는 계절에 대한 무상을 노래한 〈초겨울 들녘〉, 숲의 전경을 인간의 숲처럼 의인화시킨 〈숲〉, 해질 무렵의 억새 밭 풍경을 맛깔나게 사생해낸 〈해질 무렵〉, 조약돌이 몽돌이 되기까지의 사랑을 내포시킨 〈조약돌〉, 어촌 풍경을 심미안(心美眼)으로 그려낸 〈새벽 바다〉, 〈포구의 어둠〉 등이 눈길을 끄는 작품이다.

아낙네 살찐 앞가슴 닮은
설흘산 기슭에
난류 실은 바람
몇 줄기 지나간다

층을 이룬 다랑이논
흙짐 지고
평생을 일구어낸
노인네의 초상화던가

주름살 사이로
유채가 웃음 흘리고
마늘대가 손짓하니
멀리 수평선도 하늘거린다

물빛 안개 너머
흰 꼬리 흔드는 고깃배
차오르더니 스러지더니
자맥질에 바쁜 크고 작은 섬

윗도리 벗어
어깨에 걸친 남정네
논두렁 좁은 길 거닐며
햇살 마중하는데

숨차게 달려온 쪽빛 파도
탐스런 밭두렁에
연초록 물감 흥건히 풀고
봄나물 가득 뿌리고 간다.

— 〈다랑이 마을의 봄〉 전문

    농촌이면서 어촌인 소박한 두메의 풍경을 정감 어린 시구로 최대한의 상상력을 동원해 맛깔스럽게 써낸 시다. 다랑이논은 우천수로 농사를 짓는 충계로 이루어진 산비탈의 논을 말한다. 멀리 수평선이 보이고 고깃배가 떠가는 것으로 보아 바다에 접한 농촌을 바라다본 아름다움을 심안에 넣고 와서 차근차근 담아낸 토속의 정이 물씬 배인 전원시이다. 6연으로 연결된 이미지가 조합된 산촌 마을의 서경(敍景)은 부담 없이 수월하게 읽힌다.

    이와 같은 미감(美感)이 묻어나는 고향이라면 누구라도 한 번은 가보고 싶어지는 곳이 아닐까? 시를 감상해서 아름다움이 느껴지면 일단 그 시를 쓴 시인의 전원시에 대한 심미안은 탁월하다 할 수 있다. 이런 심미안으로 아름다운 장소나 고향을 데생해 낸 그의 시는 많다. 시인의 고향땅 남해의 물건리 마을의 토속성을 따사롭게 써낸 시 〈물건리 마을〉, 고향의 시가에 서 있는 감나무에서 옛정을 되살려보는 〈감나무 아래서〉, 옛집 우물가에 서 있던 남천 한 그루를 화분에 심고 그로부터 연유해낸 시적 이미지가 아름다운 〈남천 앞에서〉, 세월 속에 늙으신 팔순의 시어머니를 떠올려 지난 과거의 심회를 시로 읊은 〈세월〉, 고향 창선에 선 왕후박나무의 전설을 시로 쓴 〈왕후박나무〉, 고향 노량리에 있는 이순신 장군의 누각에 올라가 읊은 〈첨망대 누각에서〉, 시인의 아버지가 치과병원을 경영하고 있었던 옛 친정집을 그리며 쓴 〈남변동 393번지〉 등의 시들이 그것이다.

다음은 전원의 장소가 아니라 전원 속에 생활을 노래한 전원시를 한 편 감상해 보자.

내 심연의 바다에는
부르고 싶은 노래가 있었다

하얀 달이 자태를 뽐내는 밤
은빛 찰랑이는 파도를 세면서
지긋이 심호흡하며
토하고 싶은 곡조가 있었다

모래밭에 박힌
하얀 조가비의 슬픔을
알려고 않듯이
나의 노래는
숱한 시간 동안
마음의 심연을 맴돌며
세월만 죽이고 있었다

달빛 젖은 물결 위
산그림자 드리워진 날
소박한 노래 한 가닥

가슴에서 울먹이더니

곡조는 황금 나래를 달고
소망 담은 달집을
활활 태우며
찬란한 불꽃을
바다로 흘려 보냈다

세상에 나온 나의 노래는
웅비의 춤을 추며
한없이 타오르기 시작했다.

— 〈노래의 날개〉 전문

　바닷가에서 생활했던 젊은 시절의 소망을, 때로는 울먹이는 슬픔으로 토로하고, 때로는 황금 날개를 단 찬란한 불꽃으로 웅비하는 모습을 그려낸 〈노래의 날개〉 한 편을 감상했다. 전원에서 보낸 전원생활의 모습이 고스란히 담긴 시다. 이외에도 전원생활을 읊은 시로 〈안개 덮인 숲〉이 단연 돋보인다. 안개비에 젖은 숲이 그리운 이를 기다리는 아픈 그리움으로 환치되는 달관의 경지는 놀랍다. 특히 교직생활을 한 시인인지라 그 시절의 체험을 시로 승화시킨 작품이 많다. 〈비밀〉에는 열 살 난 순이의 때문지 않은 첫사랑의 순수한 마음이 드러나 있다. 〈흙탕물〉은 암시성이 강한 시이다. 비 온 뒤 운동장의 흙탕물에 버려진 젖은 신문지 지면에 실린 세상과 새내기 교사의 눈으로 바라다본 교단 현상에 대한 문제점을 대비시켰다. 〈퇴임〉 역시 뒷전으로 물러나는 선생님들의 입지를 나타낸 시로서 시사하는 바가 크다고 하겠다.

　같은 체험과 생활에서 나온 시가 되겠지만 가족과 피붙이에 대한 시도 많다. 사부곡인 〈아버지를 그리며〉, 어머니의 그리움을 적은 〈사모곡〉과 〈항아리〉, 시어머니를 그리는 〈임종〉, 〈세월〉, 시할머니를 떠올린 〈할미꽃〉 등의 작품이 눈에 띈다. 뿐만 아니라 유난히 시집간 딸을 그리는 〈딸네 집〉, 〈빈 방〉 〈면사포〉도 있고, 일본으로 시집간 동생을 방문하고 쓴 〈피붙이〉도 있다.

　　딸네 집 향하는 버스가
　　시간을 삼킨다
　　냄새를 가둔 김치보따리 위
　　아침 햇살이 내려앉는다

　　밤을 지샌 잔별들이
　　무질서로 춤추는
　　딸의 텃밭
　　꽃송이로 방실대는 어린 것에
　　젖을 물린 딸은
　　꽃나무에 함박웃음 함께 달았다

　　처마에 퍼담은 별 떨기
　　제자리로 챙겨 넣고
　　입가에 꽃봉오리 머금은
　　딸년의 미소는

아련히 스며드는 행복이다

집으로 가는 버스에서
올려다 본 달님
그리움 담은
친정엄마가 되어
방긋이 웃고 있다.

— 〈딸네 집〉 전문

시집을 간 딸이건만 언제나 방실대는 어린애로 보는 친정
어머니의 마음은 어느 부모와 다르랴 싶다.

3. 결언(結言)

이상과 같이 이남숙 시인의 전원시 몇 편을 감상해 보았
다. 편의상 전원시를 두 부류로 나누었는데 하나는 전원 풍
경을 서경(敍景)한 시들이고, 또 하나는 전원 속에서 살아온
전원생활을 다룬 시들이다. 감상해 본 바와 같이 이남숙 시
인은 자연에 대한 아름다움을 간파해내는 심미안이 남달리
투명하다는 것을 알 수 있다. 이렇듯 맑은 심미안은 우수한
전원시를 만들어내는 원동력이 되고 있다고 본다.
　더욱 그의 시가 봄빛 비친 바다처럼 반짝이는 것은 서정
성이 짙은 시어들을 자유자재로 구사하고, 감정의 등가물(等
價物, equivalents)인 자연물을 시에 대입시켜 구상적(具象的) 이
미지를 적절히 표출해내는 시창작 솜씨가 탁월하기 때문이
다. 시어를 아껴 높은 함축성(含蓄性)을 지닌 점도 높이 평가

할 일이다. 시(詩)가 문학작품일진대 문학작품이 존재할 이유가 있다면 그것은 정서순화(情緒純化)이고 나아가 정서함양(情緒涵養)이 될 것이다.

이남숙 시인의 전원시가 많은 독자들의 사랑을 받을 것을 믿어 의심치 않는다. 이를 계기로 앞으로 더욱 큰 발전이 있기를 기대한다.

세월의 그림자

•

지은이 / 이남숙
발행인 / 김재엽
펴낸곳 / **한누리미디어**
디자인 / 지선숙

•

121-840, 서울시 마포구 서교동 395-13 서원빌딩 2층
전화 / (02)379-4514, 379-4519
Fax / (02)379-4516
E-mail/hannury2003@hanmail.net

•

신고번호 / 제300-2006-61호
등록일 / 1993. 11. 4

•

초판발행일 / 2009년 6월 10일

•

ⓒ 2009 이남숙 Printed in KOREA

•

값 8,000원

•

※잘못된 책은 바꿔드립니다.

•

ISBN 978-89-7969-339-3 03810